La
de la rentrée

Une histoire écrite par Jo Hoestlandt
illustrée par Martin Berthommier

mes premiers
J'AIME LIRE
bayard poche

Chapitre 1
Deux amis dans la nuit

Un petit fantôme marche au clair de lune. C'est Fantomoche. Il se dépêche, car il est déjà presque minuit, et l'école commence à minuit pile pour les petits élèves de la nuit.

En chemin, il rencontre Vampirana, sa copine vampire. Elle ouvre grand la bouche pour lui montrer ses dents :

– Regarde, j'ai perdu une canine cet été ! Chez les vampires, c'est l'occasion d'une grande fête ! On a mangé une montagne de crêpes au sang de betterave et on a bu un chaudron de sangria* !

* La sangria est une sorte de vin rouge avec des oranges.

– Génial ! répond Fantomoche triste-
ment.

Vampirana s'inquiète :

– Ça ne va pas, Fantomoche ?

Fantomoche grogne :

– C'est la fin des vacances, tu trouves ça
rigolo, toi ? En plus, notre nouveau maître
est le terrible vampire Ratatouille ! J'ai la
trouille !

Vampirana plaint gentiment Fantomoche :

– Mon pauvre Fantomoche, tu es gai comme le cafard, ce soir ! Qui te dit que Ratatouille est si terrible que ça ?

Et, pour consoler son petit ami, elle lui propose :

– Tiens, il me reste une orange sanguine de notre sangria. Régale-toi. Moi, sans ma canine, j'ai du mal à la manger...

– Merci, Vampirana, dit Fantomoche.

Mais c'est l'heure d'entrer en classe. Ils se mettent à courir dans la nuit noire.

Chapitre 2

La punition de Fantomoche

Les élèves de la nuit entrent dans la cour de l'école. Ils se rangent au bas de l'escalier du grenier, où leur maître, Ratatouille, les attend. Leur classe est là-haut, avec les vieilles tables, les vieilles chaises, les vieux stylos que les élèves du jour n'utilisent plus.

Fantomoche se dépêche de manger son orange sanguine avant de monter en classe. Mais, malheur ! le jus dégouline sur son drap propre de rentrée.

Vampirana chuchote :

– Oh là là ! Te voilà dans de beaux draps, Fantomoche ! Cours te rincer au lavabo.

Puis elle va rejoindre les autres élèves, qui sont déjà au grenier. Ratatouille grogne l'appel :

– Draousse, Drarose, Vampirana, Dradessus, Dradessous, Draculotte, Croquemignonne, Croquette et Croquenotte... Il en manque un ! C'est Fantomoche !

Vampirana s'inquiète :

– Bon sang de bonsoir ! Que fait donc Fantomoche ?

Il apparaît enfin au grenier, son drap dégouline sur le parquet.

Draculotte ricane :

– Hi, hi, hi ! Fantomoche a fait pipi dans son drap !

Tous les élèves se moquent de lui, sauf Vampirana.

– Silence ! rugit Ratatouille. Tu nous mets en retard, Fantomoche. Tu sais que l'école commence à minuit pile, et qu'elle se termine, pile, au lever du soleil. Tu sais que la lumière du jour fait disparaître pour toujours les fantômes et les vampires...

Fantomoche, honteux, baisse la tête et ne dit rien. Alors Ratatouille continue :

– Tu devrais pourtant savoir la leçon numéro 1 : « Tout retard nous met en danger. » Répète !

Fantomoche a si peur qu'il bafouille :

– Ton pétard me met en danger... Heu, non... ce n'est pas ça... Excusez-moi... J'ai raté...

Les élèves ont le fou rire. Ratatouille croit que Fantomoche fait l'andouille. Alors il s'énerve, il s'approche du petit fantôme et il le tire au fond de la classe.

Puis Ratatouille suspend Fantomoche au fil à linge !

– Voilà, dit-il. Ça t'apprendra à te moquer de moi !

Le pauvre Fantomoche aimerait bien disparaître. Mais c'est impossible. Deux grosses pinces à linge le retiennent solidement à son fil.

Chapitre 3
L'idée de Fantomoche

Fantomoche reste accroché au fil à linge pendant toute la leçon de calcul. Il est en rage. Il récite dans sa tête : « Deux plus deux égalent trois, Ratatouille, tu me le paieras ! Trois plus trois égalent six, espèce de vieille saucisse ! »

Enfin, le maître le décroche pour la leçon de lecture.

Fantomoche est très content d'être libéré. Il se met à faire le fou. Alors, Ratatouille le gronde :

– Moins de bruit, Fantomoche ! On ne doit pas nous entendre...

Mais Fantomoche fait le malin :

– Ha, ha, ha ! Si quelqu'un vient, moi, je vais lui flanquer la trouille. Vous allez voir ça !

Tout à coup, justement, Ratatouille entend du bruit en bas. Il ouvre tout doucement la trappe.

Un homme monte l'escalier en bougonnant :

– Qu'est-ce qui fait ce raffut*, là-haut ?

Ratatouille prévient ses élèves :

– Zut ! C'est l'instituteur du jour... Vite, cachez-vous !

Aussitôt, les fantômes plongent dans les coffres, ils se jettent dans les armoires. Les vampires se cachent sous les tables, derrière les poutres.

* C'est un grand bruit, un vacarme.

L'instituteur du jour surgit dans le grenier. Malgré sa lampe de poche, il n'y voit pas grand-chose. Il frôle Vampirana, et il s'écrie :

– Mais il y a des chauves-souris, ici !

Il marche sur le drap d'un petit fantôme, qui se met à couiner*. L'homme sursaute :

– C'est plein de souris aussi…

* Il se met à pousser des petits cris de souris.

Les fantômes et les vampires ouvrent grand les yeux. L'instituteur murmure :

– Il y a des chouettes et des hiboux. Je vois leurs yeux partout...

Tout à coup, sa lampe s'éteint. Le pauvre instituteur est dans le noir. Il se cogne aux tables, il s'entortille dans le drap de Fantomoche. Alors, le petit fantôme pousse un gros soupir bien lugubre pour faire fuir l'instituteur.

Ça marche ! L'instituteur, affolé, claque la trappe derrière lui. Pour plus de sûreté, il donne un tour de clé. Cric, crac.

Chapitre 4

La classe en danger !

Voilà les élèves de la nuit prisonniers au grenier ! Croquenotte pleurniche :

– C'est la faute de Fantomoche.

Mais celui-ci est furieux :

– C'est toujours ma faute ! Eh bien, débrouillez-vous tout seuls.

Et Fantomoche ajoute :

– Moi, ça m'est égal que les portes soient fermées à clé !

Mais c'est vrai ! Dans leur affolement, les fantômes l'ont oublié : ils peuvent se faire légers, légers... Ils peuvent passer à travers les murs et les planchers, à travers le toit s'ils veulent. Mais Ratatouille grogne :

– Eh bien, c'est du joli, d'abandonner ses amis vampires. Vous savez bien qu'ils ne peuvent pas traverser les murs.

Les fantômes, honteux, reviennent dans le grenier. Le maître demande à Fantomoche :

– Toi qui es si malin d'habitude, tu n'as pas une idée ?

Fantomoche bougonne :

– Si, j'en ai une. Mais je n'ose pas la dire. Si ça rate, ça sera encore ma faute...

Mais Vampirana le supplie :

– S'il te plaît, Fantomoche, aide-nous !
Et dépêche-toi ; le jour se lève. J'ai peur
qu'il me fasse disparaître pour toujours.

Alors Fantomoche ordonne :

– Les fantômes, attachez-vous solidement les uns aux autres : ça fera une corde.
Et vous, les vampires, glissez le long de
cette corde jusqu'en bas !

– Bonne idée ! s'exclame Ratatouille.

Ainsi, tous les vampires descendent un par un... Tous sauf Ratatouille. Il est trop lourd pour glisser le long des petits draps.

Heureusement, Fantomoche a encore une idée :

– On va faire comme les pompiers ! dit-il.

Tous les fantômes s'accrochent les uns aux autres pour former un grand drap, que les vampires étalent largement.

– Sautez, Monsieur ! demandent les élèves.

Ratatouille hésite. Il a le vertige. Alors Fantomoche, malicieux, lui dit :

– Hé, Monsieur ! N'oubliez pas notre leçon numéro 1 : « Tout retard nous met en danger ! » Sautez !

Ratatouille atterrit enfin. Il remercie ses élèves :

– Merci, les enfants. Merci, Fantomoche. Tu nous as sauvés.

Mais le jour se lève. Ratatouille dit :

– Rentrez vite dormir chez vous. Et puis-qu'on nous a découverts, rendez-vous demain, à minuit pile, dans les oubliettes* du château. Ce sera notre nouvelle classe.

* Ce sont les cachots où on enfermait les prisonniers autrefois.

Le soleil rouge apparaît à l'horizon.
Les petits élèves de la nuit se séparent.
Vampirana chuchote :
– Bonjour, Fantomoche. Dors bien. À
demain minuit.

Dans les maisons, les réveils sonnent.
Les petits élèves du jour s'éveillent. C'est
le matin de leur rentrée des classes.

Onzième édition

© 2009, Bayard Éditions
© 2003, Bayard Éditions Jeunesse
© 2000, Bayard Éditions.
Tous les droits réservés. Reproduction, même partielle, interdite.
ISBN : 978-2-7470-1104-4
Dépôt légal : septembre 2003
Loi du 16 juillet 1949 sur les publications destinées à la jeunesse.

Achevé d'imprimer en octobre 2016 par Pollina S.A.
85400 LUÇON – N° Impression : L78423B
Imprimé en France